Impressum

1. Auflage 2024
Die schwere Tasche

Deutsche Ausgabe © HORAMI Verlag, Berlin
Illustration deutscher Ausgabe: Mono Concept
© HORAMI Verlag, Berlin

Die Originalausgabe erschien 2022 unter dem Titel „The heavy bag".
Text: Sarah Surgey
Illustration: Larisa Ivankovic © Sarah Surgey

Aus dem Englischen übersetzt von
Petra Steuber

Lektorat
Kerstin Salvador

Gestaltung und Satz
Mono Concept & Sebastian Vollmar

Druck
Polygraf Print spo. s r.o

ISBN
978-3-9824396-4-8

Bibliografische Information der Deutschen Nationalbibliothek verzeichnet
diese Publikation in der Deutschen Nationalbibliografie; detaillierte
bibliografische Daten sind im Internet über http://dnb.d-nb.de abrufbar.

Sarah Surgey • Mono Concept

Kim liebte es, draußen herumzulaufen und mit den Dingen zu spielen, die sie fand. Glücklich betrachtete sie die Welt: Bäume, Vögel, Stöcke, Steine und Regenbögen.

Doch seit einiger Zeit machte sie das nicht mehr froh.
Denn Kim hatte seltsame Gefühle. Gefühle, die sie
noch nie zuvor gespürt hatte. Sie schossen ihr vom Kopf
bis in die Zehen, bis ihr schwindelig wurde.

Diese Gefühle waren an dem Tag gekommen, an dem
ihr Großvater gestorben war. Sie verunsicherten Kim
und sie wusste nicht, was sie tun sollte.

Langsam schlurfte Kim den Weg entlang,
die gelbe Tasche auf ihrem Rücken war
schwer. Während sie mit den Schuhen über
die Steine schrammte, wirbelten die
seltsamen Gefühle durch ihren Körper.

Kim dachte an all die besonderen Dinge, die sie in ihrer Tasche trug. Sie konnte sie nicht einfach zu Hause lassen, denn sie waren kostbar, wie ein Piratenschatz.

Doch je länger sie lief, desto schwerer wurde die Tasche und sie bekam wackelige Puddingbeine.

Die herbstlichen Blätter fielen wie funkelnde Juwelen
aus dem dunkelroten Himmel. Langsam ging Kim
weiter und es schien, als würden die Bäume ihr und
ihrer Tasche Platz machen.

Plötzlich stand da ein knallgelber Limonadenstand,
aus dem es zischte und gluckerte. Hinter dem Stand saß
ein Mädchen unter einem großen Schirm. Obwohl sie ganz
allein zu sein schien, lächelte sie und winkte Kim zu.

»Ich bin Margot und das ... das ist aber eine große Tasche! Was hast du denn darin?«

»Das geht dich gar nichts an!«, rief Kim und heiße Tränen brannten in ihren Augen.

»Du bist wütend«, sagte Margot und kam hinter dem Limonadenstand hervor.

Kim spürte, wie ihre Wangen zu glühen begannen.

Sie waren so heiß wie die Marshmallows, die ihr Großvater über dem Lagerfeuer geröstet hatte.

Ihre Beine wurden nun so wackelig, dass Kim die schwere Last vom Rücken nahm. Mit zittrigen Händen öffnete sie die Tasche und zog ein zerbrochenes Fernglas heraus.

»Opa hat gesagt, er würde mit mir die Sterne anschauen«, sagte sie, »aber jetzt hat er mich verlassen.« Der rote Himmel über dem Limonadenstand verdunkelte sich.

Margot lächelte und sagte sanft:

»Du trägst so schwer an deiner Last.
Sprich mit mir, und mach mal Rast.
Dein bedrücktes Herz wird leichter sein,
auf deinem Weg bist du nicht allein.«

Kim reichte Margot das Fernglas und spürte, wie
ihre Wangen kühler wurden. Das Lächeln unter dem
flauschigen grauen Schnurrbart ihres Großvaters
kam ihr in den Sinn. Als sie ihre Tasche wieder
aufsetzte, war sie leichter als zuvor. Sie bedankte
sich und ging weiter. Ihre Beine fühlten sich
schon nicht mehr so wabbelig an.

Kim fand einen Stock und zog beim Laufen eine Linie
auf den steinigen Weg. Sie malte Spiralen und Kreise
in den Staub. Dabei hörte sie den Vögeln zu, die zu
singen begannen und ihre Köpfe aus den Nestern
reckten.

Da kam sie an einen Bach. Er war wunderschön und
sie wollte Rast machen. Sie überkreuzte ihre Beine
und ließ sich mit einem Plumps auf den Boden fallen.
Es dauerte nicht lange, da kullerten ihr dicke Tränen
aus den Augen. Mit einem Mal fühlte sie sich
unsagbar traurig.

»Was ist denn los, Kleines?«, fragte ein Mann,
der mit seinem Hund spazieren ging. Kim wischte sich
mit dem Handrücken die Tränen weg und sagte:

»Ich habe meinen Opa verloren.«

Der Mann stellte sich als Bert und seinen Hund
als Otto vor. Er setzte sich langsam zu Kim.
Als er seinen Spazierstock neben ihren Stock legte,
bemerkte Kim den goldenen Hundekopf, der als
Knauf diente.

»Deine Tasche sieht schwer aus.
Was hast du denn da drin?«, fragte Bert.

»Ein großes Holzboot, das Opa und ich letzten
Sommer gebaut haben. Wir wollten es hier
schwimmen lassen«, sagte sie mit zittriger
Stimme und feuchten Augen.

Bert drehte sich zu Kim und sagte leise:

»Du trägst so schwer an deiner Last.
Sprich mit mir, und mach mal Rast.
Dein bedrücktes Herz wird leichter sein,
auf deinem Weg bist du nicht allein.«

Kim nickte und holte das Boot aus ihrer Tasche.
Vorsichtig reichte sie es Bert. »Wir können gemeinsam
zusehen, wie es auf die Reise geht«, sagte er und
seine Augen leuchteten.

Als das Boot über das ruhige Wasser glitt, hoben sich
Kims Mundwinkel zu einem Lächeln. Genau so hatte
Opa es sich gewünscht.

Nachdem sie sich von Bert und Otto verabschiedet
hatte, nahm Kim ihren Stock und lief weiter.
Ihre große gelbe Tasche drückte nicht mehr
so schwer auf ihren Schultern.

Kim malte beim Gehen Linien auf den Weg und
die seltsamen Gefühle wirbelten wieder durch
ihren Körper.

Plötzlich stand sie vor einer alten Frau, die Vögel fütterte. »Hallo du«, sagte die Frau lachend, »Ich bin Ida.«
Da bemerkte Ida, wie erschöpft Kim aussah. Sie setzten sich zusammen auf eine Bank.

»Mein Opa ist gestorben«, sagte Kim. »Ich habe Kekse
für ihn gebacken, und jetzt kann ich sie ihm nicht mehr
geben. Was, wenn ich Opa an diesem Morgen die Kekse
gebracht hätte – wäre sein Herz dann nicht stehengeblieben?
Was, wenn ich schneller gewesen wäre?«

Kim spürte, wie ihr Herz mit jedem Wort schwerer wurde.

»Ach, meine Kleine«, sagte Ida und wandte sich Kim zu.

»Du trägst so schwer an deiner Last.
Sprich mit mir, und mach mal Rast.
Dein bedrücktes Herz wird leichter sein,
auf deinem Weg bist du nicht allein.«

Ein warmes Glühen ging durch Kims Körper, bis es zu einer Idee wurde. Sie griff in ihre Tasche, zog die große Dose mit den Keksen heraus und öffnete sie.

Der Duft der Kekse hüllte sie ein. Kim reichte Ida die Dose mit den Worten: »Füttere bitte die Vögel damit. Opa hat die Vögel in seinem Garten immer so gern gefüttert.«

Sie lächelten einander an, bevor Kim aufstand und weiterging. Mit einem Mal war alles ganz verändert. Kim rollte die Schultern und schwang ihre Arme. Sie fühlte sich so leicht wie die Feder, die sanft vor ihr herschwebte.

Die Strahlen der Abendsonne drangen durch die Wolken
bis zum Boden und kleine Lichtpunkte tanzten umher.
Jeder Lichtpunkt leuchtete bunt wie ein Regenbogen.

Es dauerte nicht lange und Kim erreichte das Tor zum
Garten ihres Elternhauses. Sie schaute über die Straße
zu Großvaters Haus hinüber.

Kims Tasche war jetzt viel leichter. Sie war all
die schweren Dinge losgeworden. Was blieb, waren
Erinnerungen. Kim dachte an Opa, wie er ihr
die Sterne gezeigt hatte, wie sie aus Holz und Leim
das Boot gebaut hatten und an den Duft der Kekse.
Und diese Erinnerungen hatten gar kein Gewicht.
Sie waren leicht und schön und schwebten fröhlich
in ihrem Kopf herum.

Diese schönen Erinnerungen würden
für immer da sein.